AF500554

PETIT RECVEIL DE POESIES CHOISIES

Non encore Imprimées.

A AMSTERDAM

M. DC. LX.

STANCES DE MONSIEVR LE CHEVALIER DE RIVIERE,

Sur vne Fauuette, qui reuient tous les ans au jardin de Mademoiselle de Scudery.

N dit que vostre Roytelet
Est bien saoul de la Roite-
lette,
Que ce petit drolle ne fait
Des soûpirs que pour la Fau-
uette.

Sur la cime de ſon buiſſon,
On le void de voſtre feneſtre,
Sur ſes ergots comme vn Gaſcon,
Ne faiſant rien que pour paroiſtre.

Il ſçait pourtant que les Fauuets
Sont de plus illuſtre famille,
Et que celle des Roitelets,
Eſt la derniere en volatille.

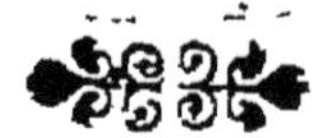

Mais dans l'Hiſtoire des humains,
Il void de plus grandes foibleſſes:
Où bien ſouuent de petits nains
Ont fait ſuccomber des Alteſſes.

Il ſçait qu'il eſt Roux & petit,
Que la Fauuette eſt grande & blonde;
Mais le fripon ſçait ce qu'on dit
De la Maiſtreſſe de Ioconde.

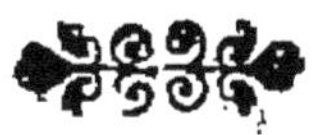

Enfin cecy ſoit entre nous,
Il eſpere de ſa conqueſte:
Car le Fauuet n'eſt point ialoux,
Meſpriſant ſa petite teſte.

Voyez de là s'il y fait bon,
Et ſi la choſe eſt auancée,
Le mary n'ayant du ſoupçon
Que des oyſeaux de ſa volée.

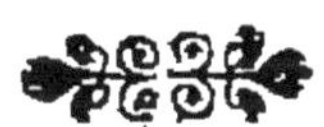

Mais vous eſtes deſſus les lieux,
Vous verrez toute leur conduite,
Et ie vous prie au nom des Dieux
De m'en faire ſçauoir la ſuite.

Mademoiselle de Scudery respondit à Monsieur le Cheualier de Riuiere, & luy manda que se promenant dans son jardin, elle auoit trouué ces deux Poulets de la Fauuette au Roytelet.

Vous receurez de mes nouuelles
Par les premieres Arondelles:
Ie les suiuray bien tost si le Printemps est beau
Attendez moy sur le petit ormeau,
A costé du grand Sycomore,
Où nous vismes vn iour parler Zephire à Flore.

AVTRE.

Ie sçay que ie ne suis pas belle,
Mais ie chante passablement:
Et quand on m'ayme tendrement
I'ayme comme vne Tourterelle

LA FAVVETTE

DIALOGVE,

Entre Acante & la Fauuette.

Acante.

PVis que Sapho n'est point icy,
Fauuette son plus cher soucy,
Prens vn peu le soin ie te prie,
D'entretenir ma resuerie.

La Fauuette.

Moy, i'entretiendray vn ingrat,
Qui fait quand il veut vn grand plat
D'vn Abricot & d'vne Poire,
Et qui ne fait rien pour ma gloire.

Acante.

Cette Poire & cet Abricot,
Ma mignonne, ne disoient mot:
Mais toy, tu te chantes toy mesme,
Et mon orgueil seroit extréme.
Si ie pretendois par mes vers
Esgaler tes charmans concers:
Pour vn dessein si temeraire,
Lambert mesme, & sa sœur Hilaire,
N'en sçauent pas encore assez:
Deux Rossignols ces iours passez,
Se le mirent en fantaisie,
L'vn en creua de ialousie,
Se voyant par toy surmonter,
Et l'autre en creua de chanter.

La Fauuette.

Il n'en est rien, mais ie l'auouë,
Faux ou vray, i'ayme qu'on me louë:
Chacun est de mesme, ie croy,
Parle donc, que veux-tu de moy?

Acante.

Acante.

Est-il vray celebre Fauuette,
Qu'en ce lieu faisant ta retraitte
Depuis l'espace de vingt ans,
Tu reuiennes tous les Printemps:
Qu'vn petit animal volage,
Vn petit oyseau de passage,
Parmy tant de legereté
Conserue tant de fermeté,

Les voisins ont remarqué que depuis dix-huict ans, ce jardin n'auoit point esté sans vne Fauuette.

Quel charme secret te rappelle?
Cette touffe d'arbres est belle:
Mais le monde a tant d'autres lieux
Où tu serois encore mieux.

La Fauuette.

I'ay parcouru la terre & l'onde,
I'ay veu les quatre coings du monde,

Sans voir en tous ces longs destours
Ce qu'on voit icy tous les iours:
I'ay bien veu des filles sçauantes,
Mais qui n'estoient que des pedantes,
Des filles de grande vertu,
Dont l'esprit estoit bien tortu:
Des filles d'esprit vn peu folles
Dont l'esprit n'estoit qu'en paroles:
Mais vne fille sans defaut,
De qui le cœur fust noble & haut,
La vertu presqu'inimitable,
L'esprit grand, solide, admirable,
Sage, esclairé, poly, charmant,
On le chercheroit vainement
Par tous les quatre coins du monde,
Car Sapho n'a point de seconde.

Acante.

Il est vray, mais l'ambition
Est vne estrange passion,
Et qui croira que de ta vie,
Il ne t'ait pris aucune enuie
D'aller en vn plus beau seiour,

Charmer nos grands, faire ta Cour.

La Fauuette.

Bien des Grands au ſiecle où nous ſommes,
Sont petits comme d'autres hommes,
Et la pluſpart

Acante.

Hola, tout beau,
Fauuette ton petit cerueau,
Sans prendre garde aux conſequences
S'emporteroit en médiſances:
Ie connoy des Grands, & i'en voy
Que i'eſtime auſsi peu que toy:
Mais i'en ſçay plus de quatre encore
Qui meritent qu'on les honore,
Et toy qui n'en fais point de cas,
Dis moy, ne les connois-tu pas?
Celuy que ta Sapho reuere,
Des Muſes l'Amant & le Pere,
Grand en eſprit, grand en bonté,
Et grand en generoſité:

Fascheux en un point, ie l'aduouë,
C'est qu'il n'ayme pas qu'on le louë.

La Fauuette.

Il a beau faire cependant,
De l'Orient en l'Occident,
En France, aux nations estranges,
Tout resonne de ses loüanges,
Et ie n'aurois pas tant tardé
De l'aller voir à saint Mandé:
Mais l'on m'a dit que cent affaires
Au bien de l'Estat necessaires
Le partagent incessamment,
Qu'il faut que bien adroitement
Ses moindres momens il dispense,
Pour pouuoir donner audience
A cent & cent particuliers,
Aux gens de Robbe, aux Caualiers,
Au peuple, à la Cour, aux Poëtes,
Et point de temps pour les Fauuettes.

Acante.

Il t'escoutera toutesfois,

Prepare seulement ta voix,
Et quelques chansons des plus belles,
Ie luy diray de tes nouuelles:
Mais en eschange, Oyseau charmant,
Parle moy plus sincerement:
Sapho, dis-tu, cette merueille,
Qui n'aura iamais de pareille,
Te fait aymer ce petit bois,
Et ne sçait-on pas qu'autrefois
Quand cette lumiere éclattante
De ses propres clartez contente,
Se cachoit encore à nos yeux,
Ou n'esclairoit qu'en d'autres lieux,
Ce bois ta premiere demeure
Te renoyoit comme à cette heure.

La Fauuette

O Dieux, en quelle extremité
Me met ta curiosité:
Veux-tu que les races futures
Se mocquent de mes auantures?
Et qu'on les vende au premier iour
Auecque l'Almanach d'Amour;

Mais tes promesses sont trop grandes,
Apprens ce que tu me demandes,
Et s'il se peut tenir caché
Vingt ou trente ans auant Psyché:
L'amour qui n'aymoit rien encore
Auec ce feu qui tout deuore
Se diuertissoit dans les Cieux
A tourmenter les autres Dieux:
Ny le Trident, ny le Tonnerre,
Ny le bras du Dieu de la guerre,
Ny l'adresse, ny le sçauoir
Ne resistoient à son pouuoir:
Et bien souuent du plus aymable
Il faisoit le plus miserable:
Apollon estoit rebuté,
Quand Vulcain estoit mieux traité.
Les heures portieres fidelles
De ces demeures eternelles,
Qui sans autres soins importans
Ne songent qu'à passer leur temps,
Vn iour pour punir son caprice
Par quelque galante malice,
Dirent qu'il falloit à son tour,
Donner de l'amour à l'Amour.

Elles ſont deux fois douze en nombre,
De qui l'humeur n'a rien de ſombre,
Ieunes, freſches, pleines d'appas,
Marchant toutes d'vn meſme pas,
Toutes ſœurs, toutes de meſme âge,
Meſme taille & meſme viſage,
Meſme feu brille dans leurs yeux,
Et rien ne ſe reſſemble mieux
Dans leur monde, ny dans le noſtre
Que fait vne heure auec vne autre,
Leur pere meſme ſans pareil,
Soit Iupiter, ſoit le Soleil,
Car l'hiſtoire en eſt incertaine,
Ne les diſtingue qu'auec peine:
Cent fois il s'eſt embaraſſé,
Prenant Irene pour Dicé,
Souuent il appelle Orteſie,
Qu'on luy reſpond, ie ſuis Maſie.

Ce ſont quatre de ceux que les anciens ont donné aux heures.

Vne de ces aymables ſœurs
Fit vn grand amas de douceurs,

De mots obligeants, de caresses,
De soins, d'amitiez de tendresses,
De ces regards faux & charmans,
Qui pour les credules Amans
Donnent tout ce qu'vn cœur desire,
Et pourtant ne veulent rien dire.
Elle choisit & temps & lieu
Pour attaquer ce petit Dieu
Qui peut dompter les plus rebelles,
Et bien que de mille autres belles
Il eust sceu deffendre son cœur,
Soit qu'il fust de meilleure humeur,
Soit que son heure fust venuë,
L'heure luy donna dans la veuë.
Helas! dit-il en soûpirant!
A la fin vne heure m'apprend
Par le vouloir des destinées,
Nous donne années sur années:
Que mes flammes, que mes liens
Estoient des maux, estoient des biens,
Et ce que mon cœur insensible
Trouuoit encore moins possible,
Des maux qui se font desirer,
Des biens qui nous font soûpirer.

Puis

Puis il luy parle de ses charmes;
N'espargne prieres n'y larmes,
Exprime mille ardens desirs
Par autant de bruslans souspirs:
Et dit en son nouueau martyre
Tout ce qu'aux autres il fait dire.
L'heure feint de s'en irriter,
Vn moment apres d'en douter,
Puis de le croire & de se rendre:
Enfin d'vne voix douce & tendre
Soyez, dit-elle, en le quittant,
Soyez amoureux & constant:
Et sçachez qu'vn amour fidelle
Ne trouue iamais de cruelle
D'aise l'Amour est transporté
Sa nouuelle felicité
Se respand sur tout son Empire
Rien ny gemit, rien ny souspire:
Les plus infortunez amans
En plaisirs changent leurs tourmens;
Et la plus cruelle souffrance
Deuient heureuse en esperance.
A peine le Soleil leuant
A commencé le iour suiuant,

Que l'Amour s'esueille, se presse
D'aller voir sa belle Maistresse,
Et comme vn petit insensé,
Chercher les yeux qui l'ont blessé.
Mais parmy tant de sœurs aymabl
Il trouue tous les yeux semblables,
Chacune a les mesmes attraits,
Et le blesse de mesmes traits:
Chacune luy semble sa belle,
C'est elle, & si ce n'est pas elle.
En vain du geste & du regard
Il veut attirer à l'escart
Celle dont il estoit esclaue,
Chaque heure d'vn pas lent & graue
Feignant d'ignorer son ennuy,
Passoit, & se mocquoit de luy.
Il s'esloigne, & dit en soy-mesme
Que peut-estre l'heure qui ayme,
Pour le combler de ses faueurs
Se desrobera de ses sœurs:
Desia son ame impatiente,
Se consomme dans cette attente:
Iamais on ne fit tant de vœux,
Iamais en l'empire Amoureux

Heure ne fut tant attenduë,
Que le fut cette heure perduë.
Tout triste, tout honteux, tout las,
L'Amour retourne sur ses pas:
Alors toutes les sœurs ensemble
Luy disent, Amour, que t'en semble?
N'est-il pas bien doux d'estre amant?
Les heures n'ayment qu'vn moment:
Mais pour toy, s'il t'en prend enuie,
Tu peux aymer toute ta vie.
L'Amour apres vn tel affront,
Esprouue vn changement bien promt
Il n'a plus que de la colere,
Et rien ne le peut satisfaire,
Pour punir la facilité
Qui l'auoit faussement flatté:
Il veut, & ses loix sont bien rudes,
Que ces sœurs qui font tant les prudes
Qui dédaignent tant son amour
Bruslent d'autres feux tour à tour:
Qu'on trouue vne heure en la iournée
Foible, facile, abandonnée,
Qui ne sçache rien mesnager,
Et c'est là l'heure du Berger.

Mais quoy ! sa flamme mesprisée,
Dans le Ciel seruoit de risée:
Il quitte le seiour des Dieux,
Et pour laisser en mille lieux,
Quelque marque de sa vengeance
Contre la perfide inconstance:
O! vous qui par de lasches tours,
Troublez l'empire des Amours,
Dit-il, vains diseurs de fleurettes,
Volages, inconstantes Coquettes,
Esprits, changeans, soyez changez,
Et que les Amours soient vengez:
Il dit, & sa seule parole,
Allant de l'vn à l'autre Pole,
De mille & mille amans legers
Fait autant d'oyseaux passagers.

Ceux à qui les amours nouuelles
Ont tousiours semblé les plus belles
Entre ces oyseaux inconstans,
Cherchent en tous lieux le Printems:
Ceux que la froide indifference
Seule porta dans l'inconstance,
Vont cherchant les climats glacez
Et par le beau temps sont chassez.

On vid sur la terre & sur l'onde
Floter la troupe vagabonde
De ces volages emplumez:
Les vns en Cailles transformez,
Voleterent les aisles basses,
Les autres deuenus Beccasses,
Se trouuerent vn pied de nez,
Quelques autres plus estonnez
Que s'ils fussent tombez des nuës,
Se trouuerent tout à fait Gruës.
Faut-il te dire mon mal-heur,
Prens-tu plaisir à ma douleur?
Et bien, pour estre vn peu Coquette
Ie deuins moy-mesme Fauuette:
Mais c'estoit en mes ieunes ans
Que i'auois des desirs changeans:
Le temps m'a bien fait estre sage,
Ie consulte quand ie m'engage:
Mais dés que i'en ay fait serment,
I'ayme en suite eternellement:
Pour tesmoigner ma repentance
Au Dieu vengeur de l'inconstance,
Tout changement m'est odieux,
Iusques au changement de lieux:

Si ma cruelle destinée,
Me fait errer toute l'année,
Au moins quand la belle saison
Reuiendra sur vostre Horison,
Ce bois, ma premiere demeure
M'aura iusqu'à ce que ie meure,
Ou que par vn destin plus doux
L'Amour appaise son courroux:
Soit enfin touché de ma peine
Et me rende la forme humaine.

Acante.

Qu'il le fasse, i'en suis content,
Entre nous, Fauuette pourtant,
Ta constance n'est qu'vne fable,
Coquette est vn mal incurable:
Qui coquetta dés le berceau,
Coquettera iusqu'au tombeau:
Nous sçauons toute ton histoire,
Penses-tu nous en faire accroire?
Nous prens-tu pour des Allemans,
Vn Poëte des plus galands,
Et qui se connoist en coquettes

Nous a conté tes amourettes
Auec le petit Roytelet:
Et que dis-tu de ce poulet,
(Ie sçay que ie ne suis pas belle,
Mais ie chante passablement,
Et quand on m'ayme tendrement,
I'ayme comme vne Tourterelle.)

La Fauuette.

Ie dis qu'on peut mal-aysément
Cacher vn amoureux tourment:
Mais plus mal-aysément encore
Ne point aymer qui nous adore.

Acante.

Tu fais bien, car en peu de mots
Les constans ne sont que des sots:
Chere Fauuette quand i'y pense,
Ta peine est vne recompense,
Tu peux d'vn desir curieux
Visiter la Terre & les Cieux,
Voir les villes & les Prouince,

Les differens seiours des Princes:
Point d'affaires & point de Cour,
Iamais de violent amour,
Iamais de pensée importune
Pour la Gloire ou pour la Fortune,
Sans autrement te tourmenter
Qu'à prendre l'air & qu'à chanter,
Faisant de iournée en iournée
Vn Printemps de toute l'année.

La Fauuette

Ah! que tu connois peu nos maux
Et nos peines & nos trauaux,
Trembler sans cesse pour sa vie
De mille ennemis poursuiuie:
Trouuer en cent climats diuers
Non vn Printemps, mais cent Hyuers
Passer les mers les plus profondes
En danger de choir dans les ondes,
Si l'aile vient à nous manquer
Ou la tempeste à nous choquer,
Pâtir & repâtir sans cesse
Chaque iour quand la faim nous presse

De peur

Despeupler tous les enuirons
De mouches & de moucherons:
Voila nos plus doux exercices,
Et nos plus charmantes delices:
Croy moy, ie te le dis encor,
Tout ce qui reluit n'est pas or:
Et le plus souuent l'inconstance
N'est heureuse qu'en apparence:
Ayme tousiours fidellement,
Et prens bien garde seulement,
Que Zenocrate s'il n'est sage
Ne deuienne oyseau de passage.

L'Autheur de l'Almanach d'Amour, qui a dit de luy mesme:

Zenocrate tousiours amoureux & volage,
Courant les mers d'amour de riuage en riuage.

CAPRICE, CONTRE L'ESTIME, ADRESSÉ A L'ILLVSTRE SAPHO.

Onc ie ne dois plus pretendre
D'arriuer vn iour à Tendre:
Donc ſans iamais eſtre aimé
Ie ne ſeray qu'eſtimé:
Sapho, ie veux que ma rime
Berne cette vaine eſtime,
Monſtre auſsi laſche que vain,
Qui cache ſon noir venin
Sous vn nom vn peu moins rude
Que celuy d'ingratitude:
A vous ſeule ie pretens
En donner le paſſe-temps:

Escoutez fille Diuine
De ce monstre l'origine,
En ce siecle glorieux
Où viuoient les demy-dieux
L'estime estoit inconnuë,
Et l'amitié toute nuë,
Seule maistresse des cœurs,
Les combloit de ses faueurs,
Quand la foy, quand les paroles
Furent deuenus friuoles,
L'Estime en ce changement,
Pour pere eut le Compliment
Pour mere l'indifference,
Qui luy donnerent naissance:
Ie veux d'vn coup de pinceau
Dépeindre vn couple si beau
Pour la froide indifference,
Vous la connoissez, ie pense,
Et peut-estre vn peu trop bien,
Pleust à Dieu qu'il n'en fust rien:
Cette belle glorieuse,
Imperieuse, rieuse,
Croit l'amour vne chanson,
Elle a pour cœur vn glaçon:

Et d'vne façon hautaine,
Suit le plaisir, fuit la peine:
Mais dans ses foibles desirs,
N'a que de foibles plaisirs:
Ainsi le destin assemble
Le bien & le mal ensemble:
Son bon amy Compliment,
Est vn bon Seigneur Normand,
Grand, bien fait, de bonne mine,
Dont le poil à la blondine,
Poudré, frisé, pomadé,
Porte vn visage fardé:
Ses pas sont des reuerences,
Il a mille complaisances:
Tousiours prest à caioler,
Se picquant de bien parler,
Et mesme de bien escrire,
Mais suiet à se dédire:
Et pour le dire en vn mot,
Vn peuple nombreux, mais sot,
Le croit vn grand personnage:
Vn petit peuple, mais sage,
Le connoist pour vn grand sot,
Vn lanternier, vn fallot,

Qui pour fait & pour courage
N'a que vent & que langage:
Or comme il alloit vn iour
En cent lieux faire l'amour,
Par tout ſemant des fleurettes
Pour attraper les Coquettes,
Ou dupper les apprentiſs
Par de longs ſuperlatiſs,
Il rencontra par le monde
Indifference la Blonde,
Nymphe veritablement
Digne d'vn ſi noble amant:
Ils ſe virent, ils s'aymerent,
Enfin ils ſe marierent,
Et de leurs froides amours
Naſquit, non pas vn grand Ours,
Non pas vn Lyon ſauuage,
Terreur de ſon voiſinage:
Mais vn monſtre appriuoiſé,
Qui va touſiours déguiſé
D'vn habit de Demoiſelle,
Et qu'Eſtime l'on appelle:
A ſon honneſte maintien,
A ſon modeſte entretien,

A ses paroles de ioye
A voir auec quelle ioye
Elle vous vient visiter,
Qu'elle ne vous peut quitter:
Que vous n'auez rien d'aymable,
Rien de beau, rien de passable,
Dont son discours popelart
Ne fasse un chapitre à part:
Qu'en tout ce qui vous offence
Elle garde le silence,
Mesme auec plus de bonté
Que n'en veut la charité:
Ne diriez-vous pas qu'elle ayme
Son prochain comme soy mesme:
Mais helas! ô siecle, ô mœurs!
Que ces signes sont trompeurs:
Apres cette mascarade
Que vous deueniez malade
Iusqu'à souffrir le trespas,
L'estime n'en pleure pas.
Que la médisante enuie
Parle mal de vostre vie,
Plustost que de disputer,
Que de s'aller tourmenter

Pour taſcher à vous deffendre,
L'eſtime en dit pis que pendre:
Qu'vn tyran audacieux,
Qu'vn voiſin malicieux
A vous tourmenter s'appreſte
Ou menace voſtre teſte,
Par des crimes ſuppoſez,
L'Eſtime a les bras croiſez:
Qu'il vous faille pour reſource
Vn prompt ſecours de la bourſe,
En quelque peril vrgent,
L'eſtime n'a point d'argent:
Seule en toute la nature
Cette ſotte creature
Ne ſe laiſſe point charmer
Au diuin plaiſir d'aymer:
Et ny vertu ny merite,
Ne touche cette hypocrite,
Sapho, ſans aller plus loin
Ie vous en prens à teſmoin,
Vous & voſtre excellent frere,
Mais i'en creue de colere:
Quel eſcriuain auiourd'huy
Se peut comparer à luy,

Soit que d'vn Poëme heroïque
Digne de la Muſe antique,
Il nous conte ric à ric
Les conqueſtes d'Alaric:
Soit que du grand Artamene
Ou des illuſtres Romaines,
Il mette l'hiſtoire au iour,
Ou le plus folaſtre amour
Renonçant au badinage
Apprend à deuenir ſage:
Quelle fille parmy nous
Se peut comparer à vous,
A cét eſprit magnanime,
Qui pour ſe voir ſi ſublime,
Si rare, ſi merueilleux,
N'en eſt pas plus orgueilleux:
A cette ame vertueuſe,
Bonne, franche, genereuſe,
A ce cœur ſi grand & haut,
Que ceux qui vont à l'aſſaut
Et qui deffont les armées,
Prés de luy ſont des Pigmées:
Maintenant qui ſe plaindroit
Que la Cour en voſtre endroit,

A la honte de la France
Manque de reconnoissance:
Parlons en bonne foy,
La plainte, à ce que ie croy
Ne seroit pas legitime,
Toute la Cour vous estime:
Dieux! qui pourroit endurer?
De voir tousiours separer
Par des caprices estranges
Les bien-faits & les loüanges.
Mais ce discours vous desplaist,
Laissons la Cour comme elle est:
Celle à qui mes destinées
Dans mes plus tendres années
Assuiettirent mon cœur,
Et que pleine de rigueur,
Desia fiere de ses charmes,
Et plus fiere de mes larmes
N'en auoit aucun soucy,
Elle m'estimoit aussi:
O dure & cruelle estime,
Qui ne croit pas faire vn crime
Quand tu laisses froidement
Perir vn fidelle Amant,

Toy que vœux ny ſacrifices,
Ny les plus humbles ſeruices,
Reſpects ny diſcretion,
Tendreſſe ny paſſion,
Ny la mort la plus terrible
Ne rendent point plus ſenſible:
Que t'a fait le genre humain?
Va, tu te trauaille en vaïn,
Impitoyable furie,
Porte ailleurs ta barbarie,
Malgré toy nous aymerons,
Retourne auec les demons
En leur triſte & noir abyſme,
Et n'en reuiens plus eſtime:
Et vous Sapho, que mon cœur
Auec zele, auec ardeur
Admire, cherit, adore,
M'eſtimerez-vous encore?
N'auray-ie point par pitié
Vn peu de voſtre amitié?
Mais ie cherche ma ruine,
Il eſt vray fille diuine
Qu'à quiconque m'ayme bien,
Mon cœur ne refuſe rien:

Si vostre amitié m'engage
A vous aymer d'auantage:
Ie pourray bien trop aymer,
Ne faites que m'estimer:
Mais que dis-ie, miserable,
Non vous estes trop aymable,
On ne peut vous trop aymer
Ha! cessez de m'estimer.

FIN.

L'ORENGER A SAPHO.

QV'ON en parle & qu'on en gronde,
Chere Sapho croyez moy:
Tout doit aymer dans le monde,
C'est vne commune loy.

C'est en vain que l'on se flatte,
En fin il s'y faut ranger:
Si vous aymez vne chatte,
Pour moy i'ayme vn Orenger.

Encor estes vous heureuse,
Vous qui n'auez pour riual
Dans vostre flamme amoureuse
Que quelque pauure animal.

Si ie sens brusler mon ame
Pour vn obiect sans pareil:
I'ay pour riuaux de ma flamme,
Et l'Aurore & le Soleil.

L'Aurore eſtallant ſes charmes
Et tout ce qu'elle a de beau,
Tous les matins fond en larmes
Aupres de mon arbriſſeau.

Sur ſa verdoyante teſte
Tournoyant de toutes parts,
Le Soleil ſans ceſſe arreſte
Ses plus amoureux regards.

Mais ſon eſperance vaine,
D'elle meſme ſe deſtruit:
Il n'en aura que la peine,
Et i'en cueilliray le fruit:

Ainſi iadis, à ſa honte,
Il ſuiuoit inceſſamment
Daphné, qui quoy qu'on en conte,
Bruſloit pour vn autre amant.

Mon Orenger m'eſt fidelle,
Mais quoy la ialouſe erreur,
Eſt la compagne eternelle
D'vne amoureuſe fureur.

Quelquefois ie le neglige
Pour mieux esprouuer sa foy;
Ie connois qu'il s'en afflige,
Et ne peut viure sans moy.

Sa fueille qui se retire,
M'inuite à le secourir:
Et de loin semble me dire;
Veux-tu me laisser mourir?

Aussi tost mon ame tendre
Se lasse de sa langueur:
I'accours, & luy fais reprendre
Vne nouuelle vigueur.

Il sort de sa fleur charmante,
Vn doux air, vn air charmant,
Dont mes sens & mon attente
Sont payez en vn moment.

Ieunes beautez qu'on redoute,
Et qui regnez sur les cœurs,
Vous vous mocquerez sans doute
De ces legeres faueurs.

Mais sous vostre iniuste empire,
Les faueurs le plus souuent,
Que sont-elles, à vray dire,
Que de l'air & que du vent?

Conteray-ie vos caprices,
Qui font perdre tant d'appas:
Vos ruses, vos artifices,
Que ces arbrisseaux n'ont pas.

Cent fois bruslant pour vos charmes
Mais resolu de changer,
I'ay souhaitté, non sans larmes,
De n'aymer qu'vn Orenger.

Ie l'ayme, & quand l'inhumaine
Qui me cause tant d'ennuy,
Voudroit partager ma peine,
Ie n'aymerois plus que luy.

Ie tenois ce fier langage,
Quand ce chef-d'œuure des Cieux
Iris au charmant visage,
Se vint offrir à mes yeux.

Qu'vne flamme mal esteinte
Est facile à r'allumer,
Et qu'auec peu de contrainte
On recommence à aymer.

Iris me vit tout en flamme,
Iris me fit inconstant,
Iris m'arracha de l'ame
L'Orenger que i'aymois tant.

Quel moyen d'estre rebelle,
Il fallut s'humilier:
L'amour estant auec elle,
Il me fit tout oublier.

Connois-tu bien qui nous sommes
Dit l'enfant imperieux:
Volage, aprend que les hommes
Ayment comme il plaist aux Dieux.

STANCES.

IL eſt vray que l'amour me tient ſous ſon
Empire,
Ie ne le puis nier:
Quand on ſent vne fois vn ſemblable martyre
Il eſt doux d'en parler:
De l'aymable Tircis la paſſion extréme,
A vaincu ma rigueur:
Et c'eſt, ie le ſens bien, la raiſon d'elle meſme
Qui le met dans mon cœur.
Ses hautes qualitez où mon amour ſe fonde
Pourroient tout enflammer,
Et ie ne connois rien de ſi farouche au monde
Qui n'appriſt à l'aymer.
L'on voit briller en luy tant de merite enſẽble
Qui brillent en la Cour,
Mais de tãt de treſors, le plus grãd ce me ſẽble
Eſt ſon extréme amour.
Ah! que ne dois-ie point à ſon inquietude,
A ſes ſoins, à ſes vœux,
Pourrois-ie plus long-tẽps ſans trop d'ingratitude
Reſiſter à ſes feux.

Orgueilleuſes beautez, qui ne pouuez cōprēdre
Vn ſentiment ſi doux, *(fendre,*
Si d'vn mal ſi charmant, ie n'ay peu me def-
Pourquoy me blaſmez-vous?
Vn merite puiſſant, vne amitié fidelle,
Peut bien nous eſmouuoir,
Sās que nos ſentimēs ſoiēt touſiours en querelle
auec noſtre deuoir.
Car quād ſur noſtre cœur vn amāt qu'on eſtime
A pris quelque credit,
On commence à douter ſi l'amour eſt vn crime
Auſsi grand qu'on le dit.
La vertu qu'on nous fait importune & ſeuere
Ne l'eſt pas iuſqu'au point,
Qu'elle oblige touſiours vn cœur qui la reuere
A ne ſe rendre point. *(gloire,*
Mes plus tendres penſers n'offencent point ma
Et malgré mes deſirs,
Ie ſuis touſiours pour elle, encor que la victoire
Me couſte des ſouſpirs.
On peut facilement ſauuer ſa renommée
Dans les vœux que ie fais,
Et le feu que ie ſens eſt vn feu ſans fumée,
Qui ne noircit iamais.

Madame la Conteſſe de la Suze.

EPIGRAMME

DE MONSIEVR L'ABBE' TESTV,

Pour vne femme de Partisan, qui s'estoit mocquée d'vn petit bastiment qu'il faisoit faire.

IL ne vous est pas difficile (ville:
De tant bastir aux champs, aussi biẽ qu'à la
Vous viuez de nos desplaisirs,
Et tout succede à vos desirs:
La fortune vous idolastre,
On ne sçauroit bastir plus aisément que vous,
Le bois croist sur le chef de Mr. vostre époux,
Et vous ne manquez pas de plastre.

Autre sur vne femme grosse.

VOus verrez dans neuf mois finir vostre
languear,
Mais las! quand finira celle que dãs mon cœur
Ont causé vos dédains & vostre tyrannie:
Ie serois dignement d'amour recompensé,
Si iamais ma peine est finie
Par où la vostre a commencé.

SONNET

D'ACANTE A DELIE,

Sur l'infidelité & peu de tendresse de la plusspart des Amants.

ON ne sçait plus aymer, comme on sceut autrefois, (se prendre,
Dans mille & mille amans que nous voyons
Delie il est tres-peu d'amour fidelle & tendre
Vn siecle entier à peine en produit deux ou trois

De constance & de foy les impuissantes loix
Dans leurs ames en vain se veulent faire entendre: (reprendre,
Comme leurs cœurs se donnent, ils se laissent
Ils l'ostent sans raison & le donnēt sans choix.

L'ennuy prend de la douce, on se plaint de la fiere,
Rien ne peut arrester leur paßion legere: (iour.
Qu'on void naistre & mourir souuent en mesme

Si vous cherchez d'où vient cette humeur inconstante, (Acante
C'est que leur cœur n'est pas le cœur de vostre
Et que vous n'estes pas l'obiet de leur amour.

SONNET

Pour Madame de la Calprenede, sur ce qu'elle se plaignoit de ne pouuoir trouuer vn cœur tendre & fidele.

Mon cœur pour vous seruir fut tousiours plein de zele,
Il ressent tous vos maux, vos plaisirs luy sont doux,
Il a sceu vous aymer malgré vostre courroux,
Et vos fascheux soupçons ne l'ont poine fait rebelle.

Vous doutez cependant d'une amitié si belle,
Et feignez d'ignorer ce qui paroist à tous:
Chacun sçait & vous dit cõbien ie suis à vous
Et vous cerchez encor vn cœur tẽdre & fidele.

Estes vous donc aueugle à tant de veritez
Qui vous font voir en moy ces rares qualitez
Pour vous en asseurer, que faut-il dauantage?

Ordonnez-le Delie, & disposez de moy,
Ie n'espargneray rien, & mon ame s'engage
A vous prouuer tousiours sa tẽdresse & sa foy.

SVR VN ESLOIGNEMENT, SONNET.

Beaux yeux qui rangez tout sous vostre obeyssance,
Ie m'éloigne de vous pour finir mon tourment,
Mais i'ay trouvé ma mort dãs mon éloignemẽt
Et i'ay perdu le iour perdant vostre presence.

Soit loin, soit prés de vous, ie crains vostre puissance,
Mais la crainte est vn mal bien doux pour vn amant,
Qui n'aspire qu'au biẽ de vous voir vn momẽt
Et ne veut que ce soit de sa perseuerance.

Iris il faut mourir, ie mourray prés de vous,
Ie mourray plus cõtent, mourant à vos genoux
Le coup de vostre main sera digne d'enuie.

Et sans vous accuser, sans me plaindre du sort
De cette mesme main qui m'a donné la vie.
De cette mesme main ie receuray la mort.

Madame de la Calprenede.

SVR LE DEPART DE Mademoiselle la Marquiſe de C. A. B.

ALlez belle Marquiſe, allez en d'autres lieux
Semer les doux perils qui naiſſent de vos yeux
Vous trouuerez par tout les ames toutes preſtes
A Receuoir vos loix, & groſſir vos cõqueſtes:
Les cœurs Iront en foule au deuant de vos fers
Et s'ils font quelques vœux, ils vous ſeront offerts.
Mais ne penſez pas tant aux glorieuſes peines
De ces nouueaux captifs, qui vont prendre vos chaines
Que vous teniez vos ſoins tout à fait diſpenſez
De faire vn peu de grace à ceux que vous laiſſez:
Aprenez à leur noble & chere ſeruitude,
L'art de viure ſans vous, & ſans inquietude,
Et ſi ſans faire vn crime on peut vous en prier
Marquiſe apprenez moy l'art de vous oublier.

En vain de tout mon cœur la triste preuoyance
S'est fait un auant-goust des maux de vostre absence,
Quand i'ay creu le soustraire à des yeux si charmans,
Ie l'ay liuré moy-mesme à de nouueaux tourmens:
Il a fait quelques iours le mutin & le braue,
Mais il reuient à vous, & reuient plus esclaue
Et reporte à vos pieds le tyrannique effet
De ce tourment nouueau que luy mesme il s'est fait.

Vengez vous du rebelle, & faites nous iustice,
Vous deuez un mépris du moins à son caprice,
Auoir eu si long temps des sentimens si vains,
C'est assez meriter l'honneur de vos dédains:
Quelle bonté superbe, ou quelle indifference
A ma rebellion oste le nom d'offence.
Quoy, vous me reuoyez, sans vous plaindre de rien,
Ie trouue mesme accueil, auec mesme entretien
Helas! & i'esperois que vostre humeur altiere
M'ouuriroit les chemins à la reuolte entiere:

Ce cœur

Ce cœur que la raison ne peut plus secourir,
Cerchoit dãs vostre orgueil vne aide à se guerir
Mais vous luy refusez vn moment de colere,
Vous m'enuiez le biẽ d'auoir peu vous déplaire,
Vous dédaignez de voir quels sont mes attẽtats
Et m'en punissez mieux ne m'en punissant pas,
Vne heure de grimace, ou froide, ou serieuse,
Vn ton de voix trop rude ou trop imperieuse,
Vn sourcil trop seuere, vne ombre de fierté,
M'eust peut-estre à vos yeux rẽdu ma liberté.
I'ayme, mais en aymant ie n'ay point la bassesse (blesse:
D'aymer iusqu'aux mespris de l'obiet qui me
Ma flamme se dißipe à la moindre rigueur,
Non qu'enfin mon amour pretende cœur pour cœur:
Ie voy mes cheueux gris, ie sçay que les années
Laißẽt peu de merite aux ames les mieux nées
Que les plus beaux esprits & les mieux embrasez (vsez:
Sont de meschans ragousts quand les corps sont
Que si dans mes beaux iours ie parus supportable, (mable,
I'ay trop long temps aymé pour estre encor ay-

Et que d'vn front ridé les replis iaunissans
Meslēt vn triste charme aux plus dignes encēs
Ie connoy mes deffauts, mais apres tout ie pense
Estre pour vous encor vn captif d'importance:
Car vous aymez la gloire, & vous sçauez qu'vn Roy
Ne vous en peut iamais asseurer tant que moy,
Il est plus en ma main qu'en celle d'vn Monarque
De vous faire égaler l'amante de Petrarque:
Et mieux que tous les Roys ie puis faire douter
De sa Laure ou de vous qui le doit emporter.
Aussi ie le voy trop, vous aymez à me plaire,
Vous vous rendez pour moy facile à satisfaire
Vostre ame de mes feux tire vn plaisir secret,
Et vous me perdriez sans doute auec regret.
Marquise, dites donc ce qu'il faut que ie fasse
Vous m'attachez mes fers quand la saison vous chasse:
Ie vous auois quittée, & vous me rappellez
Dans le cruel instant que vous vous en allez:
Rigoureuse faueur, qui force à disparoistre
Ce calme estudié que ie faisois renaistre,
Et qui ne restablit vostre absolu pouuoir,

Que pour me condamner à languir ſans vous voir.
Payez, payez mes feux d'vne plus foible eſtime,
Traittez-les d'inconſtans, nommez ma fuite vn crime,
Preſtez-moy par pitié quelque iniuſte courroux
Renuoyez mes ſouſpirs qui volent apres vous,
Faites moy preſumer qu'il en eſt quelques autres
A qui iuſqu'en ces lieux vous renuoyez des voſtres,
Qu'à ceux de mes riuaux vous allez me trahir
I'en ay, vous le ſçauez, que ie ne puis haïr:
Negligez-moy pour eux, mais dites en vous meſme,
Moins il me veut aymer, plus il fait voir qu'il m'ayme,
Et m'aime d'autãt plus que ſon cœur enflammé
N'oſe meſme aſpirer au bon-heur d'eſtre aimé:
Ie fais tous ces plaiſirs, i'ay toutes ces penſées,
Sans que le moindre eſpoir les aye intereſſées.
Puiſſay-ie malgré vous y penſer vn peu moins,

M'eſchaper chaque iour vers quelques autres
ſoins, *(idée,*
Trouuer quelque plaiſir ailleurs qu'en voſtre
En voir toute mon ame vn peu moin obſedée:
Et vous de qui ie n'oſe attendre iamais rien,
Ne reſſentir iamais vn mal pareil au mien.
Ainſi parla Cleandre, & ſes maux ſe paſſe-
rent,
Son feu s'éuanoüit, ſes déplaiſirs ceſſerent,
Il veſcut ſans la Dame, & veſcut ſans ennuy,
Comme la Dame ailleurs ſe diuertit ſans luy:
Heureux en ſon amour ſi l'ardeur qui l'anime
N'en conçoit des tourmens, que pour s'en plain-
dre en rime,
Et ſi d'vn feu ſi beau la celeſte vigueur
Peut enflammer ſes vers, ſans échauffer ſon
cœur.

A LA MESME, POVR LA TRES-BELLE MADEMOISELLE CATAVT DE BRIE.

Adorable CATAVT, *dont mon ame est*
éprise, (*Marquise,*
Ie ne vous nomme point, belle IRIS, *ny*
Ie suis trop glorieux de me voir dans vos fers,
Pour vouloir déguiser vostre nō dās mes vers
Oüy diuine CATAVT, *faite comme vous estes*
C'est trop d'honneur pour moy, de grossir vos
conquestes,
Et ie fais vanité du nom de mon vainqueur,
Car i'aime en Caualier, & non pas en Autheur:
Si tost que vos beaux yeux m'ont sommé de me
rendre,
I'ay trouué du plaisir à ne me point deffendre,
L'impatient desir de soûpirer pour vous,
A fait aller mon cœur au deuant de vos coups
Et toute la raison qui combattoit ma flamme
Par l'ordre de l'Amour a sorty de mon ame,
Regnez-y ma CATAVT, *tousiours absolument,*

Vous y trouuerez tout soûmis aueuglement:
Si le moindre souhait choquoit vostre puissãce
Ie le ferois mourir, mesme dés sa naissance,
Ie ne seray iamais de ses amans prudens
Dont la rare maxime, est d'estre indépendans,
Qui, quand vn bel obiet leur donne dans la veuë,
Songent à recouurer leur liberté perduë,
Traitent l'Amour d'vn mal douloureux à souffrir,
Employent tous leurs soins afin de s'en guerir,
Cherchent dans leur IRIS *ce qui leur peut déplaire,*
Et se donnent exprés vn suiet de colere:
Moy ie n'imite point ces trop sages esprits,
Ie ne voudray iamais de repos à ce prix,
Mes liens me sont chers, i'ayme ma seruitude,
L'empire de CATAVT *n'a pour moy riẽ de rude*
Quand ie la seruirois sans en esperer rien,
Le bien de la seruir est vn assez grand bien:
Cependant comme i'ayme auecque violence,
Ie ne me picque pas de tant de continence,
De ces Amants d' IRIS, *le feu trop épuré,*
Ne le seroit pas tant, s'il n'estoit moderé,
L'amour a bien parler n'est qu'vne simpathie

Quand le plaisir charnel n'est pas de la partie.

Des grandes passions les aimables transports,
Aussi bien que sur l'ame, agissent sur le corps,
Ailleurs que dans le cœur, la flamme veut paroistre,
Le plus profond respect n'ẽ peut estre le maistre
Ce tyran fait sur moy des efforts superflus,
En l'estat où ie suis ie ne l'escoute plus,
Ne pouuant approuuer la modeste methode
De ces galands discrets, dont ie suis l'antipode
De mes brûlans soûpirs l'impetueuse ardeur,
Vous demande humblemẽt la derniere faueur,
Souffrez qu'éuanoüy sur vostre belle bouche
Mon brasier amoureux vous échauffe & vous touche,
Que ie vous fasse dire en ce plaisant moment,
(Il n'est pas tousiours bon d'aimer si chastement:)
Ainsi comme nos corps, nos deux ames unies,
Gousteront, ma CATAVT, *des douceurs infinies.*

SONNET.

DE MAISTRE ADAM, Sur le retour de Monsieur le Prince, venant de voir le Roy.

Miraculeux Heros, vous auez veu mō Roy
Son merueilleux accueil vous vaut vne victoire,
Et vous gaignastes moins dans les champs de (Rocroy,
Quand vostre Auguste bras triompha pour sa gloire.

Vous allez desormais faire esclater sa loy,
Vos faits dessous les siens, vont briller dans l'Histoire,
Et vostre heureux retour va dōner de l'employ
A tous les fauoris des filles de memoire.

Leurs écrits publieront que parmy les hazards
Vostre lustre a terny le lustre des Césars,
Que vostre nom fameux est plus grand que la terre.

Et que si l'Eternel qui fait tout pour le mieux,
Ne vous eust pour deux Roys fait le Dieu de la guerre,
La Paix seroit encor inuisible à nos yeux.

SONNET,

SVR LA DEFFENCE DES GALANDS.

EN fin le luxe est interdit,
Et desia par toute la France
Pour bannir la folle despence,
On fait publier vn Edit.

Le corps des Rubanniers maudit
La rigueur de cette Ordonnance,
Et met en auant sa souffrance
Pour y seruir de contredit.

Tireurs d'Or & Passementiers
N'ont plus maintenant de mestiers;
Mais la Coquette sans murmure,

Se rit des Galands deffendus,
Et pour ceux que l'art a tissus
Prend ceux qu'à formez la nature.

SONNET.

IE veux que le pecheur face sa penitence,
Que pour monter au Ciel, il soit remply de Foy,
Qu'il renonce à soy-mesme, & quitte tout pour moy,
Du Christ auecque nous entrant en conference.

Tels Preceptes i'apris, Pere, dés mon enfance:
Ce qu'vn parfait Chrestien doit croire, ie le croy,
Ie ne connois de loix, que la diuine Loy,
Et fuys tout ce qui peut blesser ma conscience.

Mais Aminte, mon Pere, ayant peu m'estimer,
Elle qui contraindroit vn Monarque à l'aimer
Si i'en suis amoureux, le trouuez-vous estrãge.

Et dois-ie, à vostre aduis, la seruant en ce lieu
Ne pas participer aux graces de mon Dieu,
Pour auoir escouté la voix de mon bon Ange.

RESPONCE AV PRECEDENT.

SONNET.

Mon fils, ie vous reçois à faire penitence,
Mais pour biẽ l'accomplir il faut auoir la Foy,
La voix du S. Esprit vous le dit auec moy,
Taschez de profiter de cette conference:

Vous fustes bon Chrestien, dites-vous, dés l'enfance,
Vn ennemy du monde, ha! mon fils ie le croy,
Mais pensez-vous qu'amour vous tienne sous sa loy,
Sans estre le bourreau de vostre conscience.

Cet aueugle ayant l'art de se faire estimer,
Et celuy de se faire également aymer,
Il frappe tous les cœurs sans qu'on le trouue estrange.

Ses fléches en tout tẽps, en tout âge, en tout lieu
Volent pour arrester les conquestes d'vn Dieu,
Qui vous deffend de prendre Aminthe pour vn Ange.

SONNET.

Dans vn afreux desert propre à la penitēce
Il faut que mon amour cede enfin à ma
foy,
Et qu'Aminthe auiourd'huy se separe de moy
Aprés cette derniere & triste conference.

Aminthe qui me pleut si fort dés son enfance,
Que i'aimay, qui m'aima, qui m'aime encor
ie croy;
Peut-elle, & puis-ie bien obseruer vne loy,
Qui nous fait les captifs de nostre conscience;

Non, non dans mes liens ie te veux estimer,
Et si mon Confesseur me deffend de t'aymer,
Pour rendre mon exil à tes yeux moins estrāge

Aminthe, tu sçauras qu'abandonnant ce lieu
I'abandonne le monde, & qu'vn autre qu'vn
Dieu,
N'eust peu me détacher du seruice d'vn Ange.

RESPONCE AV PRECEDENT.

SONNET.

QVoy! Tircis ie t'oblige à faire penitence,
Quel crime as-tu commis, quel manquement de foy?
Pousse ton Confesseur à t'esloigner de moy,
Et quel bien pretend-il de vostre conference?

Il cōdamne des yeux, de qui dés nostre enfance
Vn amour legitime est né, comme ie croy,
Vn amour tout conforme à la diuine loy,
Pour te blesser le cœur d'vn trait de consciēce.

Mais d'vn trait dont le coup ne se peut estimer
D'vn trait qui fait haïr, au lieu de faire aymer,
Et n'est-ce pas, Tircis, vn effet bien estrange?

Que l'obiet qui te peut arrester en ce lieu,
Te iette en vn desert pour y chercher vn Dieu,
Comme s'il s'y trouuoit plustost qu'auec vn Ange.

SVR LES BOVTS RIMEZ.

SONNET.

TIrcis va faire penitence
A ce qu'il dit, mais sur ma foy
Il se rit de vous & de moy,
Pere, dans cette conference.

Il oublia dés son enfance
Le Nostre Pere, ie le croy,
Et reconnut pour toute loy,
La liberté de conscience,

Son vice luy fit estimer
Ce que le vice fait aymer,
Et son débordement estrange.

A qui tout obiet donne lieu,
Fait qu'il n'adore plus de Dieu
Que celuy qu'il nomme son Ange.

FIN.

www.ingramcontent.com/pod-product-compliance
Ingram Content Group UK Ltd.
Pitfield, Milton Keynes, MK11 3LW, UK
UKHW012104240726
13965UKWH00004B/1542

9 782013 095167